Nous remercions la SODEC
et le Conseil des Arts du Canada
de l'aide accordée à notre programme de publication
ainsi que le gouvernement du Québec
– Programme de crédit d'impôt
pour l'édition de livres
– Gestion SODEC.

  Patrimoine   Canadian
canadien   Heritage

 Conseil des Arts   Canada Council
du Canada   for the Arts

Nous reconnaissons l'aide financière
du gouvernement du Canada
par l'entremise du Fonds du livre du Canada
pour nos activités d'édition.

Illustrations : Anne-Marie Bourgeois

Montage de la couverture :
Grafikar

Édition électronique :
Infographie CompoMagny enr.

Membre de l'Association nationale des éditeurs de livres

ASSOCIATION
NATIONALE
DES ÉDITEURS
DE LIVRES

Dépôt légal : mai 2014
Bibliothèque nationale du Canada
Bibliothèque nationale du Québec
1234567890 IM 09876543
Copyright © Ottawa, Canada, 2014
Éditions Pierre Tisseyre
ISBN 978-2-89633-297-7
11619

Bleu grenouille

**DE LA MÊME AUTEURE
AUX ÉDITIONS PIERRE TISSEYRE**

Rouge banane, 2013.

**Catalogage avant publication
de Bibliothèque et Archives nationales du Québec
et Bibliothèque et Archives Canada**

L.-Milot, Marie-Frédérique

    Bleu grenouille

    (Collection Sésame; 142)
    Pour enfants de 6 ans à 9 ans.

    ISBN 978-2-89633-297-7

    I. Bourgeois, Anne Marie, 1983-   . II. Titre.
III. Collection: Collection Sésame; 142.

PS8623.A245B53 2014   jC843'.6   C2014-940244-9
PS9623.A245B53 2014

MARIE-FRÉDÉRIQUE LABERGE-MILOT

Bleu grenouille

roman

**ÉDITIONS
PIERRE TISSEYE**
www.tisseyre.ca

155, rue Maurice
Rosemère (Québec) J7A 2S8
Téléphone : 514-335-0777 – Télécopieur : 514-335-6723
Courriel : info@edtisseyre.ca

À Suzanne et Gaston,
des grands-parents *épatatants*

1

VITE, VITE, L'ÉTÉ !

Il y a des mots qui m'énervent, comme « ordinaire », « moyen » ou « correct ». Moi, j'aime ce qui est SPÉCIAL, EXTRÊME, PARFAIT. Comme les éclairs qui apparaissent et disparaissent tellement vite qu'on a à peine le temps de cliquer dessus dans le niveau quinze de *Foudromanie*. Je suis le premier à l'avoir réussi dans ma classe. Avec les bonus, j'ai obtenu huit mille huit cent quatre-vingts points... Huit clics de plus et j'aurais eu un score vraiment extrême parfaitement spécial! Mais je figure quand même parmi les champions. Dans le palmarès du jeu, on peut voir mon nom: Sam L'Étoile-Gagnon.

En plus de mes huit mille huit cent quatre-vingts points, j'ai dix-huit vitesses sur mon nouveau vélo, cinq certificats d'excellence en musique, quatre autographes de vedettes, trois quatre-vingt-quinze sur mon dernier bulletin, deux maisons et un meilleur ami, Fred, qui est daltonien et qui aime les chiffres presque autant que moi[1]. Ce qu'on

---

1. Voir *Rouge banane*, de la même auteure dans la même collection.

trouve méga super génial, Fred et moi, c'est de compter les jours, les heures et les minutes avant les vacances d'été. Cette année, on a commencé notre décompte le premier juin. Or, vers le milieu du mois, il s'est produit un phénomène étrange. C'est moi qui l'ai remarqué le premier :

— On dirait que le temps s'étire entre les récrés !

— Tu as raison, et c'est encore pire les vendredis ! a soupiré Fred en regardant le calendrier.

C'était hyper extra énervant. Et quand quelque chose m'énerve, je ne peux pas m'empêcher de plisser mon nez toutes les deux secondes. Malheureusement, ça donne l'impression que mes lunettes bougent toutes seules, ce qui amuse mes amis, même si, pour ma part, je me passerais bien de cette manie. Le problème, avec les tics, c'est qu'ils sont automatiques. Mais comme je réussis presque tout, je suis sûr qu'un jour, j'arriverai à dompter mon «nez nervé» (c'est un jeu de mots de mon père, qui serait riche s'il gagnait ne serait-ce qu'un sou pour chacun de ses calembours).

Bien sûr, malgré les vendredis loooongs comme des spaghettis, la dernière minute d'école a fini par finir. Comme j'avais vidé mon pupitre la veille, mon sac à dos n'avait jamais été aussi léger! Il faut dire que pendant TOUTE l'année, je traîne TOUT mon matériel scolaire TOUS les jours, pour m'assurer de ne rien oublier chez ma mère la semaine où j'habite avec mon père, ou l'inverse. Avec deux maisons, il faut des épaules de champion! Bref, j'étais supra totalement content de lancer mon sac vide sur le divan en arrivant chez nous (nous = maman + moi dans cette maison-là)... Par contre, j'ai sursauté en même temps que mon nez en entendant le divan répondre:

— Ouille! Attention, je suis ici!

Évidemment, à part dans le jeu *Déménage-moi*, les divans ne parlent pas. Alors, j'ai vite conclu que ma mère était étendue là.

Tout de même, j'avais de quoi être surpris. D'habitude, quand je rentre, elle n'est pas couchée, mais assise bien droite à son «orditapeur», comme dirait mon père farceur. Non que ma mère soit incapable de manipuler les mots. Au contraire, à sa façon, elle est championne à cet art, car son métier consiste à inventer des publicités qui lui valent des super trophées. C'est grâce à elle, par exemple, que «les frites Laplante sont épatatantes». Mais là, elle a fait patate en m'annonçant avec des mots très ordinaires une nouvelle extraordinairement plate :

— Sam, je suis désolée... On n'ira pas en voyage cet été.

2

ENCORE DU TEMPS
LOOOONG À L'HORIZON

Sur le coup, j'ai pensé que ma
mère faisait une mauvaise blague.
Il faut savoir que nous devions
aller en Italie ensemble pendant
deux semaines (ma semaine
habituelle avec elle + une semaine
de bonus parce qu'elle avait

accumulé un nombre «épatatant» d'heures de travail). Moi, j'avais surtout hâte de visiter Venise, une ville incroyablement extra spéciale où on mange presque toujours des pâtes – mon plat parfait préféré – et où on se déplace en bateau sur des rues en eau! J'avais même promis à Fred de lui envoyer plein de photos en noir et en blanc, parce que c'est mieux pour ses yeux. Mais voilà que tous mes espoirs étaient à l'eau, justement, et que ma mère affirmait être trop fatiguée pour voyager. Moi, j'étais trop top fâché. Comment avait-elle pu s'épuiser en tapant sur un clavier? Elle-même était étonnée, mais le médecin avait bel et bien déclaré que ses nerfs étaient abîmés. Il lui avait même remis un papier lui ordonnant de se reposer jusqu'à la fin de l'été. Et comme mon père, de son côté, avait zéro virgule zéro zéro zéro congé, je devrais me faire garder le temps que ma mère accumule assez d'heures de sieste pour recharger ses piles. Dans les jeux, quand on est trop affaibli, on n'a qu'à commencer une nouvelle partie ou à prendre une potion fortifiante dans notre inventaire. Dommage que ce ne soit pas comme ça dans la vraie vie!

Tout ça pour dire qu'au lieu de m'envoler vers Venise, j'ai dû attraper mon sac redevenu pesant et me rendre en bus jusque chez papi Fernand et mamie Denise. C'est plutôt loin, car ils vivent à la campagne. Chez eux, il y aurait de la place pour trois parcs d'attractions au complet, incluant une piscine à vagues géantes. Au lieu de ça, il y a vingt-sept arbres, onze poules, deux chats et un lac à mini minus vaguelettes dans lequel j'ai déjà compté assez de sangsues pour m'enlever définitivement le goût de m'y baigner.

Voilà pourquoi après avoir flatté les chats, nourri les poules et fait du slalom entre les arbres (quatre-vingt-treize secondes pour tous les contourner), j'ai finalement sorti ma console et me suis installé sur le quai pour jouer à *Attaque Monstre*. Inspiré par les sangsues qui ondulaient sournoisement sous l'eau et que j'aurais bien voulu éliminer, j'ai donc commencé à traquer les créatures 3D et à cliquer de plus en plus vite pour les court-circuiter. Mes doigts étaient plus rapides que des éclairs, mes lunettes galopaient sur mon nez, j'étais un méga giga superhéros, le champion des champions du monde entier… Puis une voix m'a déconcentré :

— Viens-tu manger, mon Saminou ?

Comme mamie Denise ne pouvait pas deviner que j'étais en train de sauver la planète, je lui ai pardonné sa gaffe et j'ai mis ma partie sur « pause » en déposant ma console sur le quai. Puis, après le souper, je suis revenu avec mes grands-parents au bord du lac. C'était à leur tour de se mettre sur « pause » en prenant des postures de yoga qui leur donnaient des airs de flamants roses. Ils m'ont proposé de m'exercer avec eux mais, franchement, je ne voyais pas où était l'exercice là-dedans ! Et surtout, j'avais des armées de monstres à combattre. Cependant, alors que j'avançais vers ma mission, mon cœur de

vainqueur a chaviré… Ma console – la meilleure des meilleures et la seule que j'avais apportée – n'était plus sur le quai!

Mes « grands-flamants » ont accouru pour m'aider à la chercher. Rien… Et puisqu'il n'y avait pas un chat aux alentours (les deux dormaient dans le salon), il a vite fallu se rendre à l'évidence : ma console était bêtement tombée dans le lac. J'avais dû la déposer trop près du bord du quai, sur lequel j'avais sans doute couru trop fort en partant manger… Ainsi, au fond de l'eau, on a bientôt aperçu le rouge métallique de ma précieuse compagne de jeu que papi Fernand a tenté en vain de rescaper avec un filet. L'air grave et résigné, je lui ai dit de laisser tomber :

— De toute façon, c'est fichu, elle ne fonctionnera plus.

Il faut avouer que j'avais déjà perdu deux consoles à peu près de la même manière (un plongeon dans le bain + un tour de laveuse), alors j'étais devenu expert en la matière. Une fois à l'eau, il n'y avait plus rien à faire. À part, bien sûr, demander un nouveau gadget à ma mère ou à mon père. Ou aux deux pour doubler mes chances de faire une bonne affaire.

— Eh bien, dans ce cas-là, on jouera aux cartes! a dit mamie en se voulant encourageante.

— Et on lira des histoires, a renchéri papi avec un grand sourire.

J'ai essayé de sourire aussi, mais mon nez sautillant a trahi mon énorme gigantesque et colossale déception... Car même si mes grands-parents ont presque autant de qualités que de cheveux blancs, ils ont un énorme défaut : ils sont LENTS. Je les soupçonne même de faire exprès pour allonger le temps. Jouer aux cartes avec mamie Denise, ça veut dire attendre un siècle et demi chaque fois que son tour revient, qu'elle examine son paquet, prend une gorgée de tisane, nettoie ses lunettes, choisit une carte et change d'idée avant de finiiiiir par jouer. Même problème de basse vitesse extrême quand papi Fernand insiste pour lire des histoires avec moi : il met trente points de suspension après chaque phrase et tourne les pages au raaaaalentiiiii alors que j'attends impatiemment de connaître la fin. Je ne le lui ai jamais dit, mais quand j'étais petit, j'ai appris à lire en vitesse juste pour devancer ses récits.

Ma première journée à la campagne s'est donc terminée au lit à compter des moutons que je faisais sauter dans les airs en appuyant sur des boutons imaginaires. Sans console pour me consoler de mes vacances ratées en Italie, la suite de mon séjour allait sûrement ressembler à une looongue série de journées spaghettis...

3

UN MALHEUR N'ARRIVE JAMAIS SEUL

Le lendemain matin, j'étais encore couché et j'ai cru rêver en entendant un bruit familier : celui de ma console de jeu! Se pouvait-il que mes grands-parents l'aient réparée? Sans prendre la peine de m'habiller (avez-vous déjà vu un superhéros enfiler ses chaussettes?), j'ai dévalé l'escalier pour aller les trouver en bas. En tendant l'oreille, j'ai suivi la musique du jeu *Fous de l'Everest* que je trouvais parfaitement «alléchantante» combinée à l'odeur de crêpes qui provenait aussi de la cuisine. C'est alors que j'ai vu deux visiteurs confortablement assis à table. Ils m'ont totalement coupé l'appétit…

— Beau pyjama, j'en avais un pareil quand j'étais bébé! a lancé le premier intrus en me voyant arriver.

— N'oublie pas ta bavette, ta crêpe est déjà toute coupée! a ricané l'autre en escaladant le mont Everest en 3D.

Tous mes espoirs ont dégringolé. La console dont le son m'avait tant réjoui appartenait aux jumeaux Lebrun, mes pires ennemis ! Ceux-là mêmes que j'avais dû affronter avec Fred afin de défendre notre honneur de duo à la fois daltonien et myope[2] ! Qu'est-ce qu'ils fabriquaient ici ? Sur un ton joyeux, mamie Denise me l'a dit :

— Les parents de Fabien et Julien ont loué la maison d'à côté pour l'été. Comme ils ont ton âge, j'ai eu l'idée de les inviter.

Si mamie les avait connus, elle les aurait plutôt évités, mais encore une fois, elle ne pouvait pas deviner… Tout de même, je me retrouvais plongé dans un sacré cauchemar ! TOUTES les minutes de TOUS les jours de TOUTE

---

2. Voir *Rouge banane*, de la même auteure dans la même collection.

l'année scolaire, j'avais TOUT fait pour surpasser les jumeaux Lebrun qui avaient TOUJOURS les meilleurs résultats PARTOUT tout en étant désagréables au carré. Et malgré tous mes efforts, peu importe la matière, je suis toujours arrivé troisième, juste après eux. Évidemment, leurs exploits viennent en paquets de deux!

Je me suis donc attablé avec une expression accablée et j'ai pris une première bouchée de crêpe (déjà coupée) en informant mamie que je savais me servir d'un couteau depuis super extrêmement longtemps :

— Les jumeaux ont l'air de penser que non, c'est un peu gênant !

Fabien (que je reconnais parce que c'est toujours celui qui parle

le premier) a alors dit avec un air faussement gentil :

— Voyons, Sam, c'était seulement pour te taquiner.

Puis il a souri à Julien en plissant son nez pour m'imiter. Et comme un miroir parfaitement méchant, son frère en a fait autant. Bien entendu, mamie a tourné la tête vers eux mille ans trop tard pour les voir se moquer. Mais, entre nous, la guerre était déclarée. Même s'ils étaient deux contre un, puisque Fred n'était pas là pour me seconder, je ne me laisserais pas mener par le bout du nez et encore moins « attaquiner » pendant mes vacances d'été !

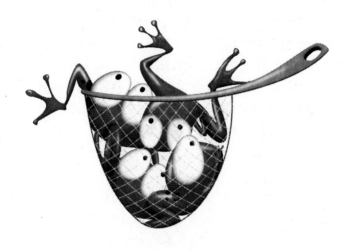

4

LA CHASSE AUX GROSSES NOUILLES

Je me suis habillé pendant que les jumeaux sont repartis dehors. Par la fenêtre, je les ai aperçus en train de «pataujouer» dans le lac. J'espérais que les sangsues les feraient déguerpir, mais non, même ces satanées bestioles n'en voulaient pas! Alors, j'ai fini par sortir en douce, muni des jumelles de papi Fernand, avec l'intention d'espionner du haut d'un arbre ma paire d'adversaires. Mais je n'ai même pas eu le temps d'agripper une branche que monsieur Lebrun m'a repéré et a crié :

— Fabien! Julien! Votre ami est là!

Un jour, il faudra expliquer aux adultes que les enfants du même âge ne sont pas nécessairement des amis...

— On est vraiment obligés de jouer avec lui? a demandé Fabien à son père en me regardant comme si j'étais un «orang-mutant».

J'allais répondre que je doutais moi-même de la nécessité de se fréquenter quand papi Fernand est arrivé avec des filets et a lancé, tout guilleret :

— Est-ce qu'il y a des chasseurs de trésors dans le coin?

En entendant le mot «trésor», les deux copies pirates ont tout de suite levé la main. Et comme il n'était certainement pas question que je les laisse s'amuser sans moi, papi nous a entraînés tous les trois jusqu'à un marécage où des grenouilles s'exerçaient à la nage. Du moins, c'est ce qu'il a affirmé, mais on voyait plus de quenouilles que de grenouilles dans les parages... Puis, on a compris que, pour papi Fernand, les grenouilles ET les quenouilles étaient des trésors :

— Il y a mille fois plus de merveilles dans la nature que dans un coffre rempli d'or!

À ces mots, papi nous a remis un filet chacun, puis nous a laissé un seau et un bocal avant de s'éloigner en sifflotant. Fabien a marmonné, mécontent :

— Mille fois... Pfft, il exagère, ton grand-père!

— Ouais, la nature, ça n'a rien de merveilleux! a continué son frère.

Comme pour faire taire les deux vipères, une grenouille a alors sauté dans le filet de Fabien, qui s'est vanté d'avoir marqué un premier point. « Côôôa?!? » a protesté la grenouille alors que je pensais exactement la même chose: c'était quoi cette histoire de point alors qu'il n'y était pour rien. Inutile de tenter de convaincre Julien, toujours cent pour cent d'accord avec Fabien, du ridicule de la situation. N'empêche, j'étais bien déterminé à montrer qui était réellement le meilleur champion chasseur de grenouilles des environs!

J'ai donc plongé mon filet dans le lac. La vraie compétition commençait. Comme dans *Jungle-Défi* dont j'ai réussi six niveaux et demi. Sans relâche, je guettais les indices qui me permettraient d'attraper mes proies. Des bulles ou des remous à la surface de l'eau, des gros yeux globuleux entre deux nénuphars, un «côôôa!» par ici, un «plouc!» par là... Je voyais le moindre mouvement, j'entendais le moindre bruit, j'attendais le moment parfait pour passer à l'action... Peine perdue! Pas de grenouille dans mon filet... et cueillette miraculeuse du côté de Fabien et de Julien. En effet, au bout d'une heure, les jumeaux avaient attrapé sept batraciens. Je me sentais franchement «miséraminable». Eux trouvaient ça de plus en plus amusant. Moi, de plus en plus énervant. Et plus je m'énervais, plus mon nez faisait gigoter mes lunettes et plus j'avais du mal à voir ces grosses nouilles de grenouilles qui m'échappaient à tout coup en faisant des pirouettes!

C'était si désespérant que j'en étais à envisager de faire discrètement un trou dans mon filet pour justifier mon manque d'habileté. C'est d'ailleurs en m'assoyant pour réfléchir à cette délicate question que j'ai aperçu LA grenouille parfaite. Elle me regardait droit dans les yeux, l'air de dire: «Non, tu ne rêves pas, je suis bel et bien bleue!»

Une grenouille bleue! Évidemment, cette grenouille super surprenante était ma chance de marquer un point bonus et de gagner une vie, comme dans les jeux vidéo. C'est pourquoi, tel un superhéros évitant la catastrophe de justesse, j'ai abaissé mon filet juste à temps, pas une microseconde trop tôt et pas une microseconde trop tard. Puis, après m'être assuré que l'opération avait bien fonctionné, je me suis exclamé :

— OUAIS!!! Ça y est! J'ai un trésor que vous n'attraperez JAMAIS!

Fabien et Julien se sont approchés tandis que je tenais fermement mon trophée. Mais comme j'aurais dû m'en douter,

ils ne se sont pas montrés très impressionnés.

— Elle est bleue, a d'abord remarqué le numéro un des Lebrun.

— Qu'est-ce que ça a de si extraordinaire? a ajouté le suiveux numéro deux.

Je m'apprêtais à répliquer quand la mère des jumeaux les a appelés et qu'ils sont partis avec leurs nombreuses prises dans le bocal. Du coup, je suis resté planté dans la vase et la verdure en fixant mon unique capture. J'avais le nez qui me chatouillait le toupet et une idée derrière la tête. La grenouille devait se douter de quelque chose, car elle m'a demandé: «Côôôa?!?»

5

COMMENT DRESSER
UNE PÂTE MOLLE?

Avec précaution, j'ai mis ma grenouille dans le seau en lui présentant sa nouvelle maison. Puis je l'ai appelée Fredouille – un nom de meilleur ami en version grenouille. Mamie et papi ont été très surpris en admirant une grenouille bleue pour la première fois de toute leur vie. Papi a même décidé de faire quelques recherches à ce sujet. Mais pour moi, le temps pressait. Je me suis donc barricadé avec Fredouille dans le garage et j'ai entrepris de faire son dressage :

— Il faut montrer aux jumeaux que tu es MILLE FOIS MEIL-LEURE que leurs grenouilles vertes banales et normales. Tu dois donc apprendre VITE à faire quelque chose de SPÉCIAL!

J'ai ri quand elle s'est contentée de répondre : «Côôôa?!?» Mais j'ai compris par la suite le sérieux de cette question. De toute évidence, elle ne savait rien faire de bon à part des bonds et des rebonds. J'en ai conclu que c'était son seul don, et qu'il faudrait l'exploiter à fond…

On a d'abord essayé le saut en hauteur :

— Allez, Fredouille, vise le plafond !

— Côôôôa ?!?

Puis le saut en longueur :

— Étire-toi au maximum, tes bonds doivent être loooooongs !

— Côôôôa ?!?

Le triple saut :

— Vas-y, un, deux, trois, *go* !

— Côôôôa ?!?

Et, en désespoir de cause, le sursaut :

— ATTENTION, UN MONSTRE GOBEUR DE GRENOUILLES !!!

— Côôôôa ?!?

Malheur de malheur… J'avais beau lui laisser toutes les chances de l'univers, lui faire répéter le même truc un gigamilliard de fois, ma fameuse grenouille bleue restait toujours à la position zéro du palmarès des exploits. Moi, j'étais au niveau cent du découragement :

— Fredouille, tu es une vraie pâte molle!

Je m'attendais à un nouveau «Côôôôa?!?», mais elle n'a rien dit, cette fois. Elle m'a simplement regardé, l'air tristounet, tandis que sa gorge faisait de drôles de mouvements de haut en bas. Des mouvements automatiques qui suivaient étrangement ceux de mon nez encore aux prises avec une attaque de tics...

Le téléphone à la main, papi Fernand est alors arrivé dans le garage. Il venait de parler à un spécialiste de la faune qui lui avait appris que Fredouille, avec sa couleur bleue, était un spécimen assez rare. Comme si la nature, en voulant mélanger du jaune et du bleu pour la peindre en vert, avait manqué de jaune. Papi trouvait fascinante cette histoire de couleur manquante. Il a été bien étonné de m'entendre « babougonner » :

— Je voulais qu'elle ait quelque chose en PLUS, pas en MOINS !

Toujours aussi lent, mon grand-père a mis au moins deux siècles à songer à sa réponse tout en examinant Fredouille au fond du seau :

— En tout cas, elle m'a l'air PLUS nerveuse que la plupart des grenouilles. Je me demande bien pourquoi…

Intrigué par cette remarque, j'ai observé Fredouille qui sautillait en rond dans son seau-maison tout en gigotant du gorgoton. J'ai haussé les épaules, puis le nez, puis encore le nez (zut !

impossible d'arrêter !). Et c'est là que j'ai compris, désolé :

— Je pense que c'est à cause de moi. Je voulais qu'elle réalise un exploit. J'ai essayé de la dresser, mais j'ai seulement réussi à la stresser.

— Hum, c'est dur sur les nerfs, les exploits, a admis papi.

Alors, tout doucement, il a pris Fredouille dans le creux

de sa main en me faisant signe d'approcher :

— Flatte-lui donc le bedon, ça devrait lui calmer le pompon.

Eh bien ! croyez-le ou non, Fredouille s'est endormie en super extra haute vitesse grâce à mes caresses ! J'ai tout de suite pensé que je pourrais inviter les jumeaux pour les épater avec mon numéro d'endormeur d'animaux. Mais pour ça, il aurait fallu réveiller Fredouille alors qu'elle semblait paisible au pays des rêves des grenouilles... J'ai donc choisi de la laisser se reposer, comme ma mère aux nerfs fragiles... Délicatement, sans la réveiller, je l'ai remise dans le lac pour lui rendre sa liberté.

N'empêche que je n'avais pas dit mon dernier mot avec les

jumeaux. Ce soir-là, en me couchant, j'ai tout de suite essayé de penser à un nouveau plan pour leur montrer qu'ils n'étaient pas meilleurs que moi... ou pas toujours en tout cas! Mes idées (douze bonnes, huit moyennes et je ne compte pas les mauvaises) se succédaient aussi vite que des fusées colorées dans un feu d'artifice. Et soudain, elle m'est apparue dans un jaillissement d'étincelles : une idée cent pour cent géniale. Satisfait, je me suis aussitôt endormi en rêvant que Fredouille me flattait le bedon.

6

PARTIE TERMINÉE

Dès mon réveil (quatorze minutes avant le soleil qui n'est jamais assez pressé), j'ai demandé à mamie Denise et papi Fernand si on pouvait aller pêcher. À ce sport, jamais les jumeaux ne pourraient me surpasser, car mes grands-parents connaissent le lac jusqu'au fin fond du fond depuis toujours. Autrement dit, avec eux à mes côtés, j'étais assuré d'être le grand champion de la journée!

Une heure plus tard, j'étais donc bien installé entre mamie et papi, dans leur canot, persuadé d'avoir un super plan. D'ailleurs, huit poissons avaient déjà mordu à l'hameçon et les jumeaux, appâtés par les cris victorieux que nous poussions, s'étaient assis sur le quai d'où ils admiraient mes exploits. Évidemment, ils ne pouvaient pas en rester là. Aussi, en moins de deux, ils se sont retrouvés sur l'eau, armés de cannes à pêche «hyperformantes» et accompagnés de leurs «parenforts». Je pouvais déjà les voir s'approcher de nous à bord d'une chaloupe à moteur aussi bruyante que voyante.

— As-tu attrapé un poisson, au moins ? m'a crié Fabien.

— Du quai, on ne voyait pas très bien ! a menti Julien.

Mon nez nervé est passé à la vitesse supérieure. Ils allaient bien voir que j'étais le meilleur des meilleurs pêcheurs ! Mais en me levant dans le canot pour montrer les poissons déposés à mes pieds, j'ai perdu l'équilibre et trébuché. Mamie Denise, trop rapide pour une fois, s'est penchée pour me rattraper... et notre embarcation a chaviré ! En plongeant malgré moi dans le lac sous le regard amusé du monstre à deux têtes que je distinguais à travers mes lunettes mouillées, je me suis dit qu'il y avait finalement bien pire que les sangsues...

Et comme pour en rajouter, les Lebrun nous ont aidés à

récupérer notre équipement et à regagner le quai. Si j'avais été dans un jeu, j'aurais vite effacé ce dernier niveau raté pour retourner au moment où j'étais encore triomphant. Car non seulement mon plan parfait était à l'eau (avec les huit poissons que nous n'avions pas pu «re-pêcher»), mais mes ennemis avaient de quoi se moquer de moi pour au moins trois vies et jusqu'à la fin du primaire.

7

UN BONUS INATTENDU

J'ai changé de vêtements en trente-quatre secondes et demie, mais c'était moins facile de me changer les idées. Pour tâcher d'oublier ces crapauds de jumeaux qui me faisaient sentir comme un gros zéro, je me suis assis avec mon humeur «mare à boue» près du lac toujours grouillant de grenouilles. Comme je n'avais plus aucune envie de pêcher, je me suis contenté d'observer. Certaines grenouilles sautaient plus haut, quelques-unes coassaient plus fort ou plongeaient plus habilement que les autres. Cependant, aucune, parmi les onze que je pouvais compter, n'avait l'air de s'en soucier. M'inventant une histoire de prince pas charmant, je me suis imaginé métamorphosé en grenouille, juste un mini moment, pour pouvoir simplement jouer sans me sentir obligé d'être le plus grand des plus grands...

Sans m'en rendre compte, j'ai fini par m'assoupir là, à côté de l'étang. J'ai aussitôt fait un rêve dans lequel ma mère et moi étions des têtards bleus dans un drôle de jeu. Chaque fois que nous sautions dans une flaque de peinture jaune, nous devenions plus verts et plus résistants aux obstacles et aux dangers. Puis, alors que j'étais sur le point de devenir un super têtard blindé, les voix des jumeaux m'ont réveillé et ramené à la dure réalité. Prêt à les entendre se vanter, je leur ai demandé combien de poissons ils avaient attrapés. Fabien a regardé Julien qui a regardé ses pieds et comme personne ne parlait, j'ai insisté :

— Qu'est-ce qu'il y a? Vous n'avez rien pêché?

Fabien a hésité un peu, puis il m'a tendu ma console rouge naufragée encore toute mouillée.

— En fait, on a pêché ça, a-t-il dit avec un air gêné.

— Et on pense que c'est à toi, a ajouté Julien également embarrassé.

J'ai examiné ma console. Comme prévu, elle ne fonction- nait plus. Mais j'ai vite compris pourquoi les jumeaux parais- saient si troublés. En tombant à l'eau pendant ma partie d'*Attaque Monstre*, elle s'était détraquée et affichait un score à tout casser : 8888888888888888. Je n'avais pas réellement réussi cet exploit, mais ça, les jumeaux ne le savaient pas… Pour une fois, ils étaient méga giga «épatatés» :

— Comment tu as fait pour battre tous ces monstres-là?

Je n'allais quand même pas leur dire la vérité. Alors je leur ai donné quelques trucs afin qu'ils essaient de faire mieux sur leurs propres consoles. C'était PARFAIT pour les tenir occupés. Entre eux, la compétition était lancée. Et il n'était pas question pour moi d'y participer : j'avais beaucoup trop de plaisir à les observer de loin se faire la guerre des points !

De toute façon, il y a des chiffres à l'infini et un nombre incalculable de planètes, alors personne ne sera jamais vraiment le meilleur des champions de toutes les galaxies… C'est ce qu'on s'est dit – papi, mamie et moi – en admirant les étoiles ce soir-là. Même les scores flamboyants des Lebrun ne seront jamais PLUS-PLUS-PLUS brillants que Vénus. Cette idée m'a réchauffé presque autant que le chocolat chaud IDÉAL (trois guimauves + trois îlots de crème fouettée) que mamie m'avait préparé. En le savourant, j'ai cru voir deux lucioles emprisonnées dans la maison voisine, et puis j'ai reconnu la lueur des consoles des jumeaux qui continuaient de se battre pour ne pas être égaux...

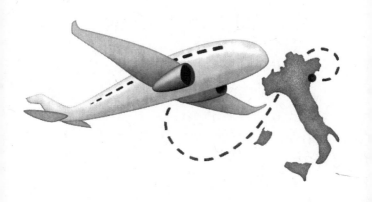

8

VIVE LES VACANCES
SPAGHETTIS !

Comme Fabien et Julien étaient désormais trop occupés pour me défier, je me sentais plus léger. Même mon nez s'était calmé les nerfs. J'avais l'impression d'être au vert, comme les têtards de mes rêves. Je continuais tout de même à aimer la compétition, mais pas à en frétiller des narines. J'ai donc disputé au moins mille parties de cartes au raaaalenti avec mamie et papi. Bref, plus les jours passaient, plus j'aimais mon été spaghetti. Au fond, les vacances durent peut-être plus longtemps lorsqu'on en profite lentement? J'ai fait part de cette observation à Fred quand je suis revenu à la maison. Et c'est là aussi que j'ai appris une BONNE NOUVELLE EXTRÊME...

Au lieu du camp de jour prévu à la fin de mon calendrier d'été, ma mère m'a fait la surprise d'être juste assez remise pour m'emmener voir la vraie de vraie ville de Venise! Comme elle était encore un peu fatiguée, on a pris TOUT notre temps pour la visiter... en dégustant TOUTES

les sortes de pâtes que les Italiens ont inventées!

Puis l'école a fini par recommencer, comme un nouveau jeu sur une console que l'on connaît déjà... Évidemment, j'étais prêt à fournir les plus gros efforts géants pour garder ma réputation de champion toutes catégories. Après tout, ce n'est pas pour rien que je m'appelle Sam L'Étoile-Gagnon! Par contre, j'ai changé ma stratégie. Plus question pour moi de m'énerver au point de gigoter du nez comme un lapin à lunettes. Maintenant, quand tout autour de moi devient trop «nez nervant», j'entends dans ma tête une petite voix qui fait: «Côôôôa?!?» Alors je gonfle le bedon en respirant ultra méga profondément, je poursuis la partie sans m'efforcer à tout prix d'être le grand gagnant, et je me dis que Fredouille approuverait ma tactique anti-tics à cent pour cent.

TABLE DES CHAPITRES

Marie-Frédérique Laberge-Milot

Marie-Frédérique Laberge-Milot est née en 1974 à Sherbrooke et vit à Montréal. Après des études universitaires, elle se tourne vers l'écriture télévisuelle. En plus de collaborer aux versions québécoise et française de la série humoristique *Un gars, une fille,* elle signe de nombreux scénarios destinés aux jeunes (*Ramdam, Kaboum, Macaroni tout garni, Réal-TV, Kif-Kif, Tactik, Les Argonautes*). Son travail est récompensé par deux prix Gémeaux en 2000 et 2002, et par deux nominations (prix Gémeaux, prix d'excellence de l'Alliance pour l'enfant et la télévision) en 2008. Depuis peu, elle se plaît à explorer de nouveaux horizons en littérature jeunesse. Son premier roman pour les enfants, *Rouge banane,* a été publié en 2013 aux Éditions Pierre Tisseyre.

SÉSAME

Collection Sésame

Illustration : Sampar

Ce livre a été imprimé
sur du papier enviro 100 % recyclé.

Nombre d'arbres sauvés : 1

Ensemble, tournons la page sur le gaspillage.